A MONSIEUR LE VICOMTE

DE

CHATEAUBRIAND,

PAIR DE FRANCE.

A MONSIEUR LE VICOMTE

DE

CHATEAUBRIAND,

PAIR DE FRANCE,

SUR SES PROJETS POLITIQUES,

ET SUR LA SITUATION ACTUELLE DES CHOSES ET DES ESPRITS.

PAR H. AZAÏS.

A PARIS,

CHEZ Béchet, Libraire, quai des Augustins, n° 57;
Et Delaunay, au Palais-Royal.

DE L'IMPRIMERIE DE DENUGON.

1818.

PRÉFACE.

C'EN est donc fait! la démocratie est dans nos mœurs! un Pair de France est journaliste! L'illustre héritier d'un nom antique descend dans l'arène où, chaque jour, se précipite et se confond le peuple des écrivains! et il saisira toutes les attributions, tous les caractères de la nouvelle fonction qu'il s'impose! « De la hauteur des considérations générales, il descendra à l'anecdote : le lecteur français, dit-il, veut être amusé. » Et déjà, dans le Prospectus de son œuvre périodique, le noble journaliste prend le ton léger, familier!

Arrêtons-nous; n'abusons pas de cette déférence indiscrète. Dans un État monarchique, les grands dignitaires peuvent quelquefois secouer les entraves de l'étiquette et se mêler au vulgaire; mais leurs inférieurs dans la hiérarchie politique doivent respecter cette hiérarchie salutaire; ils veulent la distinction des rangs, parce qu'ils veulent l'ordre et la tranquillité.

Je n'oublierai donc pas, dans l'examen auquel je vais me livrer, que l'ouvrage qui en sera l'objet est de M. le vicomte de Châteaubriand, Pair de France : je ne m'écarterai point des égards que je dois à une si haute dignité.

Avant d'entrer en matière, je ferai seulement une remarque :

J'ai déjà eu l'honneur d'adresser à M. de Châteaubriand deux lettres publiques, l'une en réponse à sa brochure intitulée : *Du Système politique suivi par le Ministère*, l'autre, à l'occasion de ses *Remarques sur les affaires du moment.* J'ai eu la satisfaction de m'assurer que les lecteurs de ces deux lettres me tenaient compte, et de l'importance de mes raisonnemens, et de la décence de mes attaques.

Dois-je présumer que M. de Châteaubriand n'a pas pris connaissance de deux écrits où c'était avec lui-même que j'entrais en discussion? Mais ils se sont répandus; et quiconque connaît le cœur humain sait que les hommes à grands talens sont les plus susceptibles des curiosités de l'amour-propre.

Il est donc vraisemblable que M. de Châteaubriand a cru devoir feindre de ne m'avoir pas donné un moment d'attention; et, dans son habitude, cette feinte s'étend sur tous les ouvrages, sur tous les écrivains qui le combattent. Il en revient sans cesse à employer des définitions et à soutenir des sophismes, que l'on a discutés avec étendue, que l'on a brisés, terrassés; il les reproduit comme n'ayant pas même reçu la moindre atteinte; on dirait que, de bonne foi, il considère ses assertions et ses principes comme passés en force de lois.

Une telle insistance ne peut être expliquée que par l'une de ces deux causes : ou M. de Châteaubriand dédaigne tous les adversaires de ses opinions, et croirait descendre d'une grande hauteur s'il consentait à s'apercevoir de leurs attaques, ou bien, il sent leur force et sa propre faiblesse ; mais, dans le besoin de retenir ses prosélytes, et de rester, le plus longtemps possible, chef de parti, il met à la fois toute sa prudence à éviter le combat, et toute son habileté à prendre le ton de la supériorité, la physionomie du courage.

Dans la première hypothèse, M. de Châteaubriand s'abuse : le dédain et l'orgueil sont aujourd'hui, moins que jamais, le droit d'un écrivain quelconque; le talent de bien écrire est en ce moment très-répandu. Si l'on compense l'imagination par le savoir, l'éclat d'un style inégal par l'ordre dans les pensées, la bizarrerie poétique par la raison éloquente, on trouvera que le premier rang, dans l'empire des lettres, n'est pas exclusivement occupé par un seul homme, pas même par un petit nombre d'hommes. Il y a aujourd'hui, en France, un peuple d'honorables écrivains.

Dans la seconde hypothèse, M. de Châteaubriand s'abuse encore :

Rien n'est beau que le vrai, le vrai seul est *durable.*

Toute supériorité factice demande trop d'efforts pour pouvoir se maintenir. Dans un temps de lutte ardente et générale, il faut du moins entrer quelquefois dans la mêlée, si l'on veut prendre un air vainqueur.

Pour moi, je ne songe point à me battre, surtout contre un homme qui toujours m'évite; je songe à payer ma dette de citoyen, ou, ce qui est la même chose, à prononcer mon affection, mon estime et ma confiance pour le gouvernement patriotique que le Roi a donné à la France. Je le défends de tout mon zèle contre ses adversaires, parce que, depuis le 5 septembre, il m'est bien démontré qu'il me défend contre l'anarchie et le despotisme, contre tous les excès et tous les malheurs.

Comme il est utile à un écrivain de se placer sur une ligne déterminée, afin d'être guidé dans sa marche par ses propres engagemens, je m'attacherai aux écrits polémiques de M. de Châteaubriand : chacun sera pour moi l'occasion d'une lettre. Tant que ses jugemens politiques me paraîtront injustes, ou ses opinions funestes, c'est à lui-même que je le dirai en présence du public. La forme épistolaire, voisine de la forme dramatique, donne de la vie à la discussion; mais la décence, la modération donnent aussi de la force à la discussion; je ne m'en écarterai pas; elles sont dans mon inclination, et elles conviennent à ma cause.

Nota. Depuis que cette lettre est écrite, et pendant qu'on l'imprime, le troisième numéro du *Conservateur* est publié; il contient un article de M. de Châteaubriand *sur l'état intérieur de la France*. C'est le même esprit, les mêmes imputations, les mêmes jugemens, les mêmes pensées. La lettre que l'on va lire en était d'avance la réfutation : cependant quelques traits, d'une erreur ou d'une injustice nouvelle, exigent une réfutation spéciale : je ne tarderai point à la faire paraître.

lui-même que je le dirai en présence du public. La forme épistolaire, voisine de la forme dramatique, donne de la vie à la discussion; mais la décence, la modération donnent aussi de la force à la discussion; je ne m'en écarterai pas; elles sont dans mon inclination, et elles conviennent à ma cause.

Nota. Depuis que cette lettre est écrite, et pendant qu'on l'imprime, le troisième numéro du *Conservateur* est publié; il contient un article de M. de Chateaubriand sur l'état intérieur de la France. C'est le même esprit, les mêmes imputations, les mêmes jugemens, les mêmes pensées. La lettre que l'on va lire en était d'avance la réfutation: cependant quelques traits d'une erreur ou d'une injustice nouvelle, exigent une réfutation spéciale; je ne tarderai point à la faire paraître.

À MONSIEUR LE VICOMTE

DE

CHATEAUBRIAND,

PAIR DE FRANCE.

MONSIEUR LE VICOMTE,

Dans chacune de ses entreprises, l'homme sage se propose un but élevé, ou du moins utile, et il emploie les moyens convenables à ce but.

Quels sont vos désirs, vos desseins ; quelles sont vos espérances ? Vous voulez attacher le Peuple français au parti dont vous êtes le chef, ou le principal organe ; et le moyen que vous prenez, en ce moment, est de tenter la composition d'une feuille périodique, qui puisse lutter avec la feuille la plus répandue, et, s'il se peut, en envahir le succès.

Jamais tentative ne fut, par elle-même, plus chimérique; et lors même qu'elle aurait quelque possibilité, vous l'auriez ruinée d'avance par le Prospectus que vous venez de lancer.

Il n'est, Monsieur, qu'un seul moyen de rendre populaire une cause politique; c'est de montrer qu'elle a franchement pour principes les principes qui ont de la popularité. Les grandes masses d'hommes ne sont jamais entraînées que par leurs propres idées, et non par des idées qui leur sont étrangères, encore moins par des idées qui leur sont opposées. On ne change pas les peuples; ils changent, et on les suit.

C'est parce que la Minerve ne met en œuvre que des idées aujourd'hui françaises, qu'elle prospère; c'est même parce qu'elle exalte quelquefois les sentimens qui naissent de ces idées, qu'elle a un succès de vogue: disons toute la vérité, M. le vicomte; c'est parce que vous et vos amis faites imprudemment profession de combattre ces idées, et de rabaisser ces sentimens, qu'elle a un succès de parti. C'est vous surtout qui l'élevez; et elle ne pourrait vous le rendre : toute la critique, même la plus passionnée, la plus injuste, qu'elle pourrait faire de vos opinions, de vos assertions, de vos principes, ne pourrait aujourd'hui les rendre recommandables; je ne saurais trop vous le dire : vous péchez par la base; il n'y a jamais que nullité, vanité, dans toute œuvre politique qui n'a pas pris pour fondemens les principes éternels, et pour direction particulière l'esprit du siècle qui la voit éclore; aussi la vôtre n'est qu'un entassement d'incohérences : dans votre Prospectus même, tous vos efforts ne sont que des mots, tandis que vos vrais sentimens s'expriment. Par exemple, vous protestez hautement de votre attachement à la Constitution: « Je dois déclarer, dites-vous, que ni moi, ni mes amis, ne prendrons jamais aucun intérêt à un ouvrage qui ne serait pas parfaitement constitutionnel : nous voulons la Charte : nous pensons que la force des royalistes est dans la franche adoption de la monarchie représentative. »

Et un peu plus bas, vous ajoutez : « S'ils convenaient une fois que nous sommes sincères dans nos opinions constitutionnelles, leur empire serait passé. »

Monsieur, la confiance est de tous les sentimens humains le plus indépendant; lorsqu'il se prolonge, c'est qu'il est juste. Il en est nécessairement de même de la défiance. Lorsqu'au bout d'un certain temps, un parti est accusé de n'être pas sincère, c'est qu'il ne l'est pas : car un homme peut dissimuler, prendre un masque, le garder, jouer un rôle; c'est ce qui est impossible à un parti; il n'a jamais, pour cela, assez d'unité, de secret et de prudence.

Vous voulez sincèrement la Charte, dites-vous? et en 1815, que vouliez-vous donc, lorsque votre parti s'acharnait à la dissoudre? et aujourd'hui, quels sont vos sentimens sincères, lorsque, dans ce même écrit que vous destinez à les mettre en évidence, vous protestez contre l'ordonnance du 5 septembre, qui a sauvé la France et la constitution?

Et ce qui échappe à votre âme au sujet de cette ordonnance, est plus qu'une protestation formelle; c'est une ironie amère, ou plutôt ce sont les sarcasmes de l'humeur et du dépit.

« Il faut donc admettre, dites-vous, que l'apparition de cette médaille (frappée en mémoire du 5 septembre), est seulement l'expression vive d'une opinion heureuse, le témoignage glorieux du génie d'un ministre ou d'un ministère. Or, comme je suis pour la plus entière liberté d'opinions, j'approuve la médaille; bien entendu qu'à notre tour, nous autres royalistes, s'il arrive jamais que nous obtenions un succès, nous nous en témoignerons à nous-mêmes, par une petite pièce de cuivre, notre innocente satisfaction. La Charte ne dit rien sur le droit de frapper médaille. Ainsi les diverses opinions, quand elles auront de l'argent, pourront se donner le passe-temps de l'immortalité. »

Cette diatribe, d'un ton si peu convenable, est précédée d'une justification de la Chambre de 1815.

« Cette Chambre a-t-elle refusé de se séparer, demandez-vous ? s'était-elle elle-même convoquée ? en un mot, a-t-elle été rebelle ? »

Non, Monsieur, elle n'a point fait d'acte de rébellion positif et prononcé ; mais, comme M. de Montlozier l'a très-bien démontré, cette Chambre marchait à la tyrannie, par une suite d'exigeances croissantes, d'empiétemens successifs ; à force de provoquer *l'épuration*, les punitions, les vengeances, de soulever ainsi, sur tous les points de la France, d'effroyables ressentimens, elle amenait, contre elle-même et contre nous, la nécessité de se constituer en *comité de salut public*, je pense même, en *convention nationale*. Ainsi que la fameuse assemblée législative, ainsi que les premiers révolutionnaires, elle s'y prenait, soit par ambition, soit par aveuglement et imprévoyance, de manière à ne pouvoir plus s'arrêter; et lorsque la session fut terminée, les membres les plus marquans de la majorité ne négligèrent rien, dans leurs départemens, pour y acquérir une influence séditieuse; ils se firent rendre des honneurs dont le mode et la pompe étaient une insulte pour le Gouvernement auquel ils venaient, pendant trois mois, de se montrer si opposés; et répétons-le, ces membres opposés au Gouvernement, opposés aux intentions formelles du Roi, opposés aux intérêts généraux de la nation française, étaient cependant en majorité dans la Chambre de 1815. Ainsi, les deux premières institutions politiques, la royauté et la chambre élective, étaient en guerre violente et déclarée; il était donc pressant de remporter une grande *victoire;* et ce n'était pas *sans péril que la couronne exerçait sa pré-*

rogative, quoique le péril fût bientôt devenu beaucoup plus grand, si elle ne l'avait pas exercée.

Généralement, la dissolution d'une chambre élective, quoique la couronne ait à cet égard un *pouvoir absolu*, ne peut jamais être, de sa part, qu'un acte violent, déterminé par une situation critique. Ce n'est donc pas une *chose coupable*, encore moins une *trahison*, comme vous le dites, que de célébrer le triomphe qui, le 5 septembre, fut remporté par la prérogative royale; la médaille qui a consacré la mémoire de cette grande journée n'est pas un monument d'insulte pour les hommes qu'elle a écartés, mais un monument historique, destiné à perpétuer le souvenir d'un acte éminemment salutaire, national, et même décisif; car c'est réellement le 5 septembre que la révolution a pris terme; c'est le 5 septembre que la fin de ce grand mouvement a décidément commencé; le Gouvernement n'a plus eu à s'occuper que de compléter paisiblement, graduellement, cette fin si désirable.

Un homme que j'aime à vous citer, Monsieur, parce qu'il possède vraisemblablement votre confiance, et parce qu'il a bien étudié les matières politiques, M. le baron de Vitrolles, disait, dans un écrit intitulé, *du Ministère dans le gouvernement représentatif*, qu'il publia au commencement de la session même de 1815, et plusieurs mois avant sa dissolution ;

« La situation la plus difficile pour le ministère, est celle ou la Chambre, entraînée par des idées particulières, ou par une opposition factieuse, cesse de marcher de concert avec l'opinion générale, et n'a plus son appui. Les ministres doivent alors conseiller au Roi de la dissoudre ; et faire ainsi un véritable appel à l'opinion nationale. » (page 38.)

Personne n ignore, Monsieur, de quelle manière l'opinion nationale a répondu. Vous le savez; la très-grande majorité de vos contemporains parlent déjà comme parlera l'histoire; les pages que celle-ci consacrera à la Chambre de 1815, sont déjà écrites et fixées; elle dira combien de fautes furent arrêtées, et combien ces fautes auraient engendré de malheurs. Parmi les faits importans qu'elle rappellera, elle en placera un dont vous avez été personnellement témoin : ce déplacement si remarquable qui s'était fait dans la situation respective des deux Chambres! la Chambre des Pairs, la chambre héréditaire, se montrait beaucoup plus favorable aux intérêts du peuple que la Chambre des Députés, mandataires du peuple même. Cela venait de ce que la Chambre des Pairs, formée, en grande partie, d'hommes que la révolution avait élevés, était réellement plus nationale, plus populaire que la Chambre des Députés. Celle-ci, en 1815, s'était composée sous l'influence d'événemens contraires à l'indépendance, à la dignité, et à la tranquillité de la nation.

Et l'histoire dira encore qu'en 1815,

ainsi que dans les trois années postérieures, on a vu le Gouvernement lui-même, c'est-à-dire, le Roi et les ministres, plus populaires, plus nationaux, qu'une certaine classe de sujets; cette disposition sera remarquée; car il est naturel aux hommes revêtus d'un grand pouvoir, de tendre sans cesse à l'augmenter; lorsqu'ils ne le font pas, lorsqu'au contraire ils se dépouillent successivement de portions de l'autorité dont ils étaient en possession, il faut que, d'une part, leur caractère ait beaucoup de modération, que, d'un autre côté, leur esprit ait beaucoup de prévoyance et d'étendue; car ils ne peuvent être déterminés à cet abandon que par la considération des dangers que l'avenir amènerait, s'ils retenaient un pouvoir exagéré.

Au reste, c'est ce que M. de Vitrolles avait fortement conseillé; il avait dit (page 29): « Il faut essentiellement que les ministres soient *populaires* (et pour montrer qu'il insistait sur ce mot, il l'avait souligné);

il faut qu'ils associent au gouvernement la puissance de l'opinion. »

Plus loin (page 40), il avait noblement exprimé des pensées judicieuses :

« Les ministres doivent surtout éviter de flatter les passions d'un moment, qui ne leur donneraient qu'une faveur passagère, et s'attacher aux grands et véritables intérêts du pays, qui sont éternels ; ils ne doivent pas laisser à l'opposition l'honneur et l'avantage de défendre une si belle cause. »

Qu'ont fait les ministres ? ils ont défendu avec zèle et éloquence deux lois patriotiques, nationales, la loi des élections ; la loi du recrutement ; et ce que vous appelez *l'opposition royaliste* les a combattues ! et vous, Monsieur, vous les combattez encore ! et vous voulez rendre votre cause populaire ! et vous voulez élever un journal !

Continuons de remarquer le contraste extraordinaire que vous mettez entre vos intentions et vos principes. Je lis à la page 38 de votre Prospectus :

« Une autre chose digne encore d'observation, c'est le singulier contraste qui existe aujourd'hui entre nos idées et nos mœurs. Les premières rejettent toute espèce d'entraves, parce qu'elles sont vivement éclairées : le spectacle des révolutions nous a appris à juger tout, à n'avoir d'illusions sur rien. Mais, par nos mœurs, nous sommes les plus soumis des hommes; c'est le résultat de notre corruption et de nos malheurs. Libre de tous les préjugés, esclave de toutes les passions, dominant toutes les lois, rampant sous tous les maîtres, le siècle est demeuré indépendant par l'esprit, dépendant par le caractère : cela explique bien des paroles et bien des actions. »

Dans ce paragraphe, Monsieur, où l'on reconnaît votre style nerveux et éclatant, on reconnaît aussi, et votre misantropie systématique, et votre incohérence de pensées, et votre amour du paradoxe.

Et d'abord, il est impossible que jamais, chez aucun peuple, il s'établisse un contraste entre les idées et les mœurs, parce que jamais, dans une partie quelconque de la nature, il ne peut s'établir de contraste entre des causes et leurs effets. Les mœurs d'un peuple, comme celles d'un individu, ne sont, et ne peuvent être, que le résultat de ses idées, l'expression de leur état. Vous avouez que nous sommes indépendans par nos idées, et cela, parce que nous sommes vivement éclairés : c'est dire au peuple français que les lumières et la liberté sont choses inséparables; c'est dire aux rois de France qu'ils ne peuvent plus être contraires à la liberté du peuple français; et tel est, désormais, le caractère des relations respectives qui s'établiront en France, et bientôt en Europe, entre les peuples et les rois; aussi, l'un des princes les plus éclairés de l'époque actuelle, le Roi de France, a reconnu authentiquement l'union indissoluble de la liberté et des lumières; dès son avènement au trône, il a solennellement proclamé la liberté de ses sujets.

Maintenant, Monsieur, ajoutons que le Peuple français n'a *rampé* sous aucun maître. Cette image est aussi fausse qu'insultante. Roberspierre, entouré de scélérats qui n'appartenaient à aucun peuple du monde, a frappé quelques instans une génération entière, d'horreur et de terreur; mais cette horreur même, dont le sentiment subsiste encore, prouve que la nation française était loin de *ramper* sous le poignard du monstre. En Turquie, on *rampe*, on ne frémit pas.

Napoléon, en nous délivrant des héritiers de Roberspierre, en fermant sous nos pas le gouffre de l'anarchie, en montant jusqu'au trône sur les marches de la gloire, en relevant ce trône que la fureur avait abattu, en replaçant le Peuple Français au premier rang des peuples, en forçant l'Europe entière à redouter nos armes, et tous les Rois à rechercher ou à accepter notre alliance, Napoléon nous avait exaltés, entraînés, égarés; mais les illusions de l'enthousiasme n'ont rien de commun avec les turpitudes de la bassesse. Malgré vous, Monsieur, la France vous justifie; non, vous ne *rampiez* pas, lorsque vous faisiez hommage à Napoléon de votre *Génie du Christianisme :* sans croire à la religion, il la soutenait en politique; vous la défendiez en poëte; il y avait concert entre vos travaux et ses desseins.

Et postérieurement, lorsqu'un fils lui fut donné, lorsque vous fîtes sur le berceau de cet enfant des prophéties pompeuses et solennelles, était-ce de votre part un acte d'humiliation et de faiblesse? non, Monsieur, c'était encore un mouvement poétique, excité par l'éclat d'une lumière, fantastique sans doute, mais éblouissante. Après tant de guerres, de dévastations et de malheurs, et lorsque l'union de la France et de l'Autriche semblait devoir prévenir de plus grands malheurs encore, il était bien permis à un Français de célébrer le premier fruit d'une telle alliance, et de prononcer en sa faveur le vœu de grandes et pacifiques *destinées*.

Enfin, Monsieur, depuis que Napoléon est tombé, a-t-on vu le Peuple français insulter à sa chûte épouvantable? C'est cependant ce qu'il aurait fait, si, précédemment, il eût *rampé* sous ses lois : rien de plus dur que les esclaves, et rien de plus mobile. Au contraire, les hommes libres sont graves et généreux. Quel beau souvenir, un jour, dans l'histoire! Subitement frappée d'un spectacle terrible, la majorité du Peuple français a gardé le silence; elle n'a pas déshonoré son ancienne admiration, en ne proférant, sur la grande victime du sort, que des paroles d'outrage : par respect pour la majesté des Rois, et pour l'honneur des Peuples, elle a jeté un regard de tristesse sur les malheurs de l'homme qui gouverna long-temps le premier peuple de la terre; elle l'a laissé descendre en paix dans sa tombe politique; elle n'y troublera point son repos.

Croyez-moi, Monsieur, cette dignité de

la Nation Française atteste que ses sentimens sont au niveau de ses lumières; et elle donne au prince éclairé, qui aujourd'hui la gouverne, le droit de compter sur son amour. Il n'est que les âmes fortes qui puissent être fidèles.

SUIVONS ailleurs, Monsieur, vos expressions moroses et vos sophismes méprisans.

« On remarquera, dites-vous, qu'un des principaux caractères des écrits du jour, c'est l'ignorance; elle perce à chaque ligne, se décèle à chaque mot. »

J'avoue, Monsieur, que je reçois chaque jour une impression contraire. Selon moi, l'instruction et la raison étincellent dans une foule d'écrits, que leur multiplicité même contraint à disparaître, mais qui, dans leur passage rapide, ont laissé des traits de lumière : aussi, la génération actuelle reçoit journellement le savoir sans frais et sans études. Parmi les journalistes et les rédacteurs d'ouvrages périodiques, il y a sans doute quelques hommes superficiels, quelques autres dont l'esprit assez piquant sert d'enveloppe volatile à des idées fausses et des pensées étroites ; mais ceux-là perdent chaque jour de leur nombre et de leur crédit : l'opinion publique les délaisse ou les rebute ; tandis qu'elle distingue, qu'elle encourage, qu'elle multiplie les écrivains à la fois spirituels, judicieux, et instruits. Une chose bizarre, Monsieur, c'est que, dans le paragraphe que je transcrivais tout-à-l'heure, vous disiez que nos idées étaient *vivement éclairées* : comment se peut-il que, dans la même page, à la distance de quelques lignes, vous accusiez les écrivains du jour d'une profonde ignorance? La classe des écrivains est-elle donc spécialement aujourd'hui la dernière classe du peuple? N'en est-il pas, au contraire, de la génération actuelle comme de toutes celles qui l'ont précédée? Ne sont-ce pas les hommes les plus éclairés qui résument et expriment les idées et les connaissances de leurs contemporains? Que peuvent être les écrivains dans un siècle qui, de de votre aveu, est un siècle de lumières?

Continuons. « Nous nous perfectionnons, soutient-on, dans beaucoup de pamphlets. J'ai quelques doutes. J'observe, par exemple, que les lois deviennent meilleures à mesure que les mœurs se détériorent; de sorte que le peuple le plus corrompu (les Romains de l'empire) nous a laissé le plus beau corps de lois. Et pourtant les premiers enfans de Rome échappèrent à Brennus, et les derniers succombèrent sous Alaric. Serait-ce que les nations se sauvent plutôt par leur innocence que par leur sagesse? La perfection ici serait en défaut. »

Ainsi, Monsieur, pour vous satisfaire, pour vous donner la douceur de penser que nous ne sommes pas corrompus, pour dissimuler du moins à vos yeux cette corruption flétrissante, il faudrait que le Gouvernement et les deux Chambres législatives eussent l'attention de ne nous donner que de mauvaises lois, évitassent soigneusement toutes les modifications qui pourraient les rendre meilleures! Cependant, Monsieur, comme Pair de France, vous faites tous vos efforts pour que nos lois soient très-bonnes; et aujourd'hui, comme directeur d'une feuille périodique, vous vous promettez de porter l'œil sévère de la critique sur toutes les imperfections, non-seulement des lois proposées, mais des lois rendues par les deux Chambres et sanctionnées par le Roi! Pourquoi concourir ainsi doublement, et avec tant de zèle, au progrès d'un témoignage honteux, désolant, du témoignage de notre corruption sociale? Quelle est donc cette fatalité qui vous entraîne à faire le bien, et à définir le bien une preuve de mal, de vice et de désordre?

Monsieur, revenons à la justice : afin d'être conséquente, elle accueille les idées modérées, elle rejette les déclamations. Ceux qui disent que, pendant la vie d'une nation, les mœurs se perfectionnent sans cesse, ceux-là exagèrent et se trompent; mais du moins ils soutiennent une erreur qui honore et satisfait. Ceux qui disent que les mœurs se détériorent sans cesse à mesure que les peuples s'avancent en civilisation et en lumières, ceux-là, de même, exagèrent et se trompent; et cette erreur est funeste, car elle afflige, elle irrite, elle flétrit. La vérité est que les mœurs changent sans cesse, parce que, pour un peuple comme pour un individu, vivre, c'est se mouvoir, et se mouvoir, c'est changer: mais les mœurs, par l'effet de ce changement continu, ne se perfectionnent ni ne s'altèrent, prises du moins dans l'ensemble de leurs résultats; c'est-à-dire que, marchant vers la douceur, s'éloignant de la rudesse, se bonifiant d'un côté et s'affaiblissant de l'autre, elles expriment toujours la même somme de vertus et de vices, de bonheur et de malheur, de facultés et et de défauts.

Les fondateurs de Rome étaient une colonie d'aventuriers, vivant, sans scrupule, de rapine, de brigandage; et vous vantez leur *innocence!* Les derniers habitans de Rome avaient profité de huit siècles de prospérités et de conquêtes; autour d'eux abondaient toutes les richesses, toutes les productions des arts, tous les charmes de la vie; ils tenaient à l'existence par mille liens aimables : des barbares, pour qui la vie n'est presque rien encore, les épouvantent, les exterminent, et cela vous étonne! Auraient-ils succombé sous Alaric, si, avec la pauvreté *des premiers enfans de Rome*, ils en eussent conservé la dureté, la férocité? Les mœurs d'Alaric étaient-elles meilleures que celles de Théodose? Et quelle différence mettez-vous entre les mœurs d'Alaric et celles de Romulus?

Il est temps, Monsieur, que, dans le siècle de la raison sociale, de cette raison éclairée qui attache tous les hommes judicieux aux idées monarchiques, on délaisse cette prétendue *innocence* républicaine, et que l'on ne confonde plus la bar-

barie avec la vertu. Les peuples commencent par une simplicité farouche, qui les rend inhabiles aux jouissances délicates, aux plaisirs de l'esprit, aux charmes de l'étude, aux ravissemens des affections tendres. Une telle inaptitude n'est pas un tort sans doute, mais elle n'est pas non plus un mérite : je ne vois aucune raison, ni de la blâmer, ni de la glorifier. Lorsqu'ensuite les peuples s'élèvent, leurs idées s'étendent, tous leurs ouvrages se perfectionnent, leur âme s'aggrandit, leurs besoins de tout genre se compliquent et se multiplient; pour cette raison, ils deviennent chaque jour plus susceptibles de plaisirs et d'inquiétudes, de générosité et d'égoïsme, de force et de faiblesse, de bonheur et de malheur; or, c'est l'ensemble de tous ces penchans qui forme les mœurs publiques; elles restent donc toujours en équilibre, quoiqu'elles changent toujours; la loi *des compensations* est la loi éternelle.

Me voilà, Monsieur, sur mon terrain;

mais vous m'y avez appelé. Vous avez dit, avec les apparences de la justesse :

« Quand une révolution a bouleversé un empire, chacun, pendant les troubles de l'état, rentrant dans le droit de nature, ceux qui s'élèvent ont presque tous un mérite quelconque, parce qu'ils doivent en partie leurs succès à leurs talens, tandis que ceux qui disparaissent peuvent en général imputer leur abaissement à leur nullité. Mais il y a bientôt *compensation*, car les fils de l'homme monté au pouvoir, dégénèrent vite dans les jouissances d'une fortune dont leur famille n'a pas l'habitude ; et au contraire, les enfans de l'homme tombé, instruits à l'école du malheur, retrouvent les vertus qu'avaient perdues leur père. »

Ce balancement, très-bien décrit, est vrai quand on l'applique à des révolutions ordinaires, c'est-à-dire, à de simples coups d'état, tels qu'il s'en effectue de temps à autre dans les grandes monarchies ; alors les institutions restent, les hommes seuls sont changés; et ces hommes nouveaux, qui, par leurs talens ou leur audace ou leurs intrigues, se sont emparés des institutions anciennes, ne transmettent pas tous à leurs enfans les qualités qui ont fait leur fortune; aussi cette fortune ne se perpétue que rarement dans leurs familles, et l'on voit se relever le plus grand nombre des familles qu'ils ont supplantées. En France, l'histoire de la ligue, de la fronde, et celle des parlemens, ont fréquemment présenté de telles vicissitudes.

Mais la révolution française a été d'un ordre tout différent; provoquée par le renouvellement de toutes les idées, elle a exigé le renouvellement de toutes les institutions. La résistance imprudente, mais naturelle, je dirai même inévitable, que dès son début elle a éprouvée, a changé son exigeance en une tyrannie épouvantable; *la majorité et la minorité*, ou l'ordre nouveau et l'ordre ancien, ont lutté avec fureur. La majorité, qui avait pour elle et le nombre et la force, voulait arracher jusques aux dernières racines de l'arbre antique; la minorité, justifiée par la possession, irritée par l'honneur, défendait avec acharnement jusques aux derniers rameaux; ce combat faisait l'anarchie.

Un homme très-habile, très-énergique, enchaîna cette impétuosité divergente, et la dirigea toute entière vers la formation de son pouvoir. Ce fut alors que la majorité et la minorité se confondirent; car elles entrèrent ensemble dans les administrations et dans les armées; la paix fut en France; la guerre ne fut qu'au-dehors.

Ne demandez donc plus, Monsieur, qui l'a *emporté de la majorité ou de la minorité*, afin de savoir, dites-vous, *si, dans vingt-cinq ans, nous vaudrons mieux ou moins qu'aujourd'hui*. C'est la révolution qui l'a emporté; et la révolution a eu pour but de fondre ensemble la majorité et la minorité, de les effacer l'une par l'autre, de substituer à l'équilibre de séparation, à l'équilibre de classes, tel qu'il existait très-convenablement sous le règne de Louis XIV, l'équilibre d'union et de mélange, tel qu'il est réclamé, en ce moment, par le progrès des choses et la situation des esprits. La révolution veut que, par leurs institutions même, tous les Français soient égaux, qu'en France, comme dans une armée régulière et homogène, il y ait des rangs et des fonctions, mais non des barrières invincibles ; qu'il n'y ait plus dans l'État deux nations et deux régimes, mais une seule nation et une seule loi.

Ce grand effet est produit dans l'opinion, je ne dis pas seulement de la majorité, mais dans l'opinion universelle. Il vous a entraîné, Monsieur, vous et tous les vôtres ; je ne crains pas de l'affirmer : il n'est plus en France un seul homme qui n'ait abjuré, au fond de son âme, toute doctrine contraire à l'égalité politique ; s'il en est qui défendent encore les institutions anciennes, ce n'est point par conviction de pensée, c'est parce que le retour de ces institutions, s'il était possible, servirait leurs intérêts; et comme les derniers événemens ont donné aux anciens intérêts quelque espoir de faveur, ils ont paru un moment ranimer les opinions anciennes.

Ne blâmons pas de telles illusions. La puissance de l'intérêt personnel est générale sur le cœur humain; et, dans l'ardeur des partisans de l'ordre nouveau, il y a aussi, et très-vivement, l'impulsion de l'intérêt personnel. Mais, lorsque, dans le même homme, cette impulsion et celle de l'opinion concourent ensemble, il en résulte beaucoup d'énergie; au contraire, lorsqu'elles sont séparées, leur divergence ne produit qu'hésitation et mollesse; généralement, c'est l'unité qui fait la force.

Vous le verrez, Monsieur; chaque jour, un certain nombre d'hommes qui s'étaient engagés sous les bannières de votre parti, passeront sous les bannières de l'opinion nationale; vous perdrez chaque jour, non-seulement quelques-uns de ces hommes droits et estimables, qui tenaient aux anciennes choses par habitude et par desir sincère de les voir revivre, mais de ceux qui ont fait un faux calcul, et qui s'en aperçoivent. Dans leur pensée, la restitution du trône de France à une famille antique, devait amener le retour de toutes les anciennes institutions; cette chimère de leur imprévoyance, en se dissipant, leur laissera la mortification d'un mécompte, et le regret de toutes les démarches, de toutes les tentatives qu'ils auront faites pour mettre à profit les événemens.

C'est ainsi, Monsieur, que peu à peu, rapidement peut-être, votre situation forcée se trouvera sans appui; alors, vous l'abandonnerez; vous et vos amis, vous rentrerez dans vos inclinations naturelles, dans cette générosité française, réellement noble et loyale, qui demande, pour spectacle et pour jouissance, l'union, la liberté et la dignité de tous les Français; la chûte de votre parti ultrà-monarchique entraînera la chûte du parti ultrà-constitutionnel, dont vous faites seul l'ardeur et même l'existence; il n'y aura plus de factions, parce qu'il n'y aura plus d'excès.

Est-ce donc l'utopie que je vous annonce, à vous qui venez de dire : « On a versé d'un côté; sous peu on reconnaîtra l'abîme sur lequel on penche? »

Que devient d'ailleurs mon principe des compensations? Monsieur, il ne saurait être en défaut; c'est la nature entière qui perpétuellement l'exécute; c'est aussi la nature entière, c'est toute la science, c'est toute l'histoire, qui sans cesse le démontrent. L'esprit humain, héritier aujourd'hui de tout le savoir, de toutes les méditations, de toute l'expérience d'un siècle, qui a hérité lui-même de tous les siècles; l'esprit humain s'avance à grands pas vers l'adoption générale de ce système conciliateur; c'est le seul qui peut satisfaire à la fois, dans notre âme, le besoin qui la presse de connaître la vérité, et le sentiment qui l'entraîne à goûter la justice.

J'ose vous inviter, Monsieur, à lire le premier ouvrage qu'il m'a inspiré; votre imagination ardente y trouvera un aliment digne d'elle; et je l'ai récemment augmenté d'un supplément destiné surtout à frapper la raison des philosophes; j'y ai exposé le principe universel avec plus de clarté et de précision que je ne l'avais fait encore.

En ce moment, je vais indiquer l'application de ce principe au caractère le plus remarquable de notre situation actuelle.

Rappelons ce que je disais tout-à-l'heure.

Bientôt il n'existera plus en France d'opinions turbulentes; nous ne serons pas, cependant, satisfaits et tranquilles.

Les auteurs de la *Note secrète* ont dit, avec vérité: « Déjà la population semble fatiguée d'un excès de vigueur. »

Cette surabondance de population, en France, est la cause principale de l'état de fermentation que l'on y remarque encore ; la différence et la lutte des opinions s'unissent à cette cause, cherchent à lui donner de l'énergie ; mais, sans elle, la lutte des opinions serait loin de suffire pour nous agiter, et, au contraire, si toutes les opinions étaient déjà concordantes, la surabondance de population suffirait pour imprimer à la nation des mouvemens d'inquiétude.

Par surabondance de population, il faut entendre, généralement, défaut d'emploi d'une partie de la population, car il n'y a jamais trop d'hommes sur un territoire, lorsqu'ils peuvent être tous occupés.

Mais si, d'une part, le vœu de la nature est que la France soit forte et féconde, puisqu'elle lui donne tous les avantages de la position, du sol et du climat, d'un autre côté, le résultat des événemens est opposé à ce vœu de la nature. La France, surprise par l'Europe le lendemain du jour où, par excès de développement et d'énergie, elle venait de tomber dans l'épuisement, a été comprimée, abattue; et je me hâte de répéter ce que j'ai dit ailleurs : Dans la position respective où les affreuses journées du mois de juin 1815 mirent l'Europe et la France, dans l'état de désespoir et de dissensions où celle-ci était jetée, dans l'état d'irritation et d'exaltation où se trouvaient les armées qui inondaient son territoire, la destruction politique de ce bel État ne pouvait être prévenue que par une loyauté conciliante et pacifique des principaux souverains; loyauté déterminée peut-être, mais du moins soutenue, échauffée par l'estime et l'affection dont ces mêmes souverains étaient pénétrés pour Louis XVIII. Retour de ce prince, ou guerre à mort, extermination et partage : telle était exclusivement l'alternative. Tout homme impartial, qui réfléchira sur la situation politique et l'attitude forcée de chacun des Souverains, proclamera cette vérité.

Mais le retour de Louis XVIII sur le trône de France ne pouvait éloigner toutes les conséquences de si grandes catastrophes :

d'horribles malheurs sont nécessairement de formidables causes; il est impossible de ne pas en subir de formidables effets.

La France conservée, ce qui était beaucoup, puisqu'elle aurait pu être anéantie, fut cernée, affaiblie, en quelque sorte démantelée; et l'Angleterre, sa rivale, profita de cette grande occasion, préparée par son opiniâtreté, amenée par sa fortune, pour saisir à son profit toutes les grandes sources de commerce et de prospérité.

Ainsi fut donnée à la France cette existence pénible, pleine d'anxiété et de malêtre, qui fait le sort de tout peuple, ou même de tout homme, naturellement énergique, dont la position contrainte n'est nullement en proportion avec son activité et ses moyens.

Et précisément la France venait de contracter, à la faveur de sa révolution et de ses conquêtes, une habitude de développement extrême. L'impulsion vive d'une telle habitude ne pouvant être subitement calmée, la France a continué, même sous l'oppression et le malheur, de vouloir être grande et véhémente; elle a sourdement frémi contre ses entraves : constamment forcée de se replier sur elle-même, un tel refoulement l'a nécessairement tenue dans une agitation intestine; position cruelle pour une génération si pleine, si active, si brillante! Tant de valeur enchaînée! tant d'industrie oisive! tant de force inutile! tant de carrières fermées! et celles qui existent encore assiégées par un nombre immense de concurrens! et parmi eux tant d'hommes éprouvés, tant d'hommes habiles, tant de jeunes gens pleins de talens et d'intelligence!... et cette situation dure encore!... et nul Français, prévoyant et sage, ne demande qu'elle soit secouée!... et elle est acceptée, cimentée par la prudence, par le patriotisme même!... Aujourd'hui l'honneur du citoyen n'est-il pas dans la résignation et la tranquillité?

Qu'arrivera-t-il? Peu à peu, si la France demeure émondée et cernée, le niveau s'établira entre la population et les ressources générales. Car une secte célèbre a eu raison de poser en principe, que, dans un État, la population et l'emploi tendent toujours à se mettre en équilibre ; mais il est des circonstances où ce n'est que forcément, et, pour ainsi dire, cruellement, qu'elles y parviennent. Cette souffrance n'est pas éprouvée, lorsqu'il faut que la population s'accroisse rapidement pour atteindre l'accroissement subit de la prospérité et des ressources ; alors, au contraire, comme dans les premières années du gouvernement de Napoléon, tout est jouissance, ivresse, enthousiasme. Mais lorsque, par une compensation terrible de cette prospérité violente, de grandes et nombreuses ressources sont brusquement enlevées à une génération qui s'était formée sur elles, qui avait compté sur elles, il faut que le peuple entier descende avec brusquerie ; il faut qu'il se réduise sous le poids dur et accablant de la nécessité.

Le Peuple français continuera de se soumettre à la nécessité; mais sa soumission est et sera accompagnée de souffrances; ses souffrances entraînent et entraîneront l'agitation de ses diverses parties; cette agitation imposera pendant toute sa durée le besoin d'un Gouvernement fort et vigilant.

Qu'un exemple récent et mémorable éclaircisse et adoucisse cette pensée.

Il y a trois ans, la paix générale se fit en Europe, subitement, sans passer par ces transitions ménagées qui préparent aux grands changemens. L'Angleterre, qui, pour résister à la France, pour n'en être pas écrasée, avait porté ses forces de tout genre à un degré excessif, qui avait donné à toutes ses ressources militaires, navales, commerciales, un emploi violent et déterminé, un emploi nécessaire, mais critique, l'Angleterre fut brusquement surprise par la pacification de l'Europe, et exposée au refoulement subit d'un grand nombre d'hommes et de productions, qui retombèrent sur son territoire, sans qu'il fût possible de trouver à l'instant, en leur faveur, un autre écoulement extérieur, rapide et suffisant. Aussi il y eut, sur toute la surface des îles britanniques, réplétion et surcharge, par conséquent, sédition, fermentation, menaces d'un bouleversement terrible. Toutes les classes inférieures du peuple furent agitées de ce tumulte effrayant que provoquent en elles l'oisiveté et la détresse.

A de telles époques, et elles se rencontrent une ou plusieurs fois pendant l'existence de tous les grands peuples, il se trouve toujours, dans les rangs élevés de la société, des hommes turbulens, les uns par aveuglement d'esprit et inquiétude naturelle, les autres par ambition, par amour-propre, par jalousie du pouvoir, par avidité pour les richesses. De tels hommes profitent avec empressement des malheurs publics; ils échauffent l'irritation populaire; ils empruntent le langage des hommes pauvres, ignorans et passionnés; ils en adoptent, ou ils feignent d'en adopter les sentimens; ils mettent, dans l'expression de ces sentimens, une chaleur, soit réelle, soit factice, qui leur donne un grand ascendant sur la multitude. Que l'autorité mollisse, ou qu'elle se néglige, et ils vont exciter d'affreux mouvemens.

Mais l'autorité, en Angleterre, ne mollit pas; et elle ne se méprit pas non plus sur les sources réelles de l'agitation universelle; elle ne considéra point l'État comme menacé d'une révolution dans les idées et les institutions, mais d'une horrible sédition pour cause de misère et de souffrances. Les chefs d'émeute, qui prenaient un ton et une attitude révolutionnaires, n'étaient soutenus, ni par la masse des propriétaires, ni par celle des commerçans, ni par celle des pères de famille judicieux et éclairés. Le Gouvernement fit donc un appel énergique à ces trois classes d'hommes, qui seuls composent, partout, l'opinion nationale. Le parlement, organe de cette opinion, suspendit les garanties constitutionnelles;

une force imposante fut mise à la disposition du ministère ; le torrent séditieux fut contenu, et, en moins d'un an, il s'écoula sans avoir produit d'autres effets que le bruit et l'épouvante.

Nous sommes loin de nous trouver dans une situation aussi violente que celle où était l'Angleterre à l'époque que je viens de rappeler; mais la nôtre, beaucoup moins critique, sera plus durable ; elle n'exigera point que le Gouvernement s'arme de dureté, et soit prêt, comme un médecin impassible, à ordonner des opérations sanglantes; elle ne réclamera que de la fermeté, de la vigilance, tempérées par des ménagemens et de la bonté.

Vous le voyez, Monsieur, mes principes généraux s'appuient sur l'expérience, et comme ils tiennent ma pensée dans le calme, ils me rendent impartial et conséquent. Ainsi, à l'appui encore de ce que je viens de dire, je vous citerai vous-même ;

je vous représenterai ensuite le défaut de liaison qui se montre dans vos raisonnemens.

« Je pense, dites-vous, que notre position continentale nous oblige à laisser à la couronne une plus grande influence sur les mœurs qu'elle n'en a en Angleterre; nous devons surtout défendre la prérogative royale, vrai Palladium de la France. J'ai dit ailleurs que le trône doit être placé comme un bouclier devant nous; qu'il doit être environné d'éclat et de dignité, afin d'imposer par sa puissance et sa splendeur; que l'autorité du Roi doit encore être dégagée de beaucoup d'entraves, pour agir avec vigueur et rapidité; qu'elle doit avoir, dans certains cas, dans les cas de guerre et d'insurrection, quelque chose de la dictature romaine. »

Dans un ouvrage que j'ai publié, il y a un an, sous le titre : *De la sagesse en politique sociale*, ou *de la mesure de liberté qui doit être accordée en ce moment aux principales nations de l'Eu-*

rope, ouvrage dont j'ai eu l'honneur de vous offrir un exemplaire, j'ai soutenu avec développement, et l'un des premiers, ce me semble, les principes que vous venez d'exposer; j'ai signalé de mon mieux les différences très-importantes qui distinguent la France de l'Angleterre; j'ai eu d'abord égard aux conditions permanentes, telles que le climat anglais, habituellement sombre et peu expansif, le territoire peu étendu, peu fertile, circonscrit par la mer, l'unité d'inclinations sociales, l'unité de religion, l'unité de tempérament et de caractère; j'ai montré que l'Angleterre, pour toutes ces raisons, n'avait pas besoin d'un Gouvernement aussi fort, aussi concentré, aussi monarchique que celui de la France; j'ai fait ensuite la part des circonstances amenées par les derniers événemens; elles méritaient une sévère attention; et elles imprimaient, encore plus que les conditions permanentes, le besoin d'un Gouvernement énergique, sous lequel toute cause d'agitation, de sédition, fut forcée de plier.

Depuis un an, ces circonstances critiques se sont bien adoucies, grâces surtout à la prudence et à la fermeté du Gouvernement; mais en premier lieu, ce n'est plus vous, ce me semble, vous qui prononcez que *l'autorité du Roi doit être dégagée de beaucoup d'entraves pour agir avec vigueur et rapidité, qu'elle doit avoir, dans certains cas, quelque chose de la dictature romaine*, ce n'est plus vous, Monsieur, qui devez reprocher au Gouvernement d'avoir mis dans son action une certaine mesure d'autorité dictatoriale; s'il l'exerçait, ce n'était qu'au nom des lois provoquées par la Chambre de 1815, et en restant, dans l'application, bien au-dessous de l'esprit de ces lois. Sans doute, depuis 1815, il n'y a pas eu d'insurrection générale; mais une fermentation effrayante, manifeste, n'était-elle pas, chaque jour, sur le point de donner naissance à une épouvantable insurrection? et le Gouvernement pouvait-il connaître un devoir plus pressant, plus rigoureux, que de la prévenir?

En second lieu, je vous demanderai encore si c'est vous, Monsieur, qui pouvez aujourd'hui proclamer en toute confiance l'inutilité parfaite d'un peu de vigueur extraordinaire, ou dictatoriale, dans l'action du pouvoir, lorsque, récemment, vous vous êtes montré si franchement approbateur de la *Note secrète?* Que révélaient aux puissances alliées les auteurs de cette note? *Que la France est un volcan prêt à faire explosion,* qu'il est pressant *de la sauver des fureurs révolutionnaires, afin d'en préserver le monde!* Quelles expressions plus fortes auraient donc pu être employées, si nous étions revenus aux temps affreux des Marat et des Danton?

Quel est donc, Monsieur, en vous et vos amis, ce besoin bizarre, et pour ainsi dire, paradoxal, qui vous presse de vous affliger, de vous désoler, de vous épouvanter, et cela contre tout motif, contre toute évidence? et tandis que l'homme qui souffre depuis long-temps considère comme un bonheur le seul affaiblissement de ses souffrances, comment se fait-il que l'adoucissement si manifeste de nos calamités politiques ne se montre à vos yeux que comme un redoublement de calamités? N'est-ce que simple morosité de caractère? On serait porté à le croire; vos pages les plus éloquentes sont empreintes d'une disposition si profonde à la tristesse! Mais alors il devait vous suffire de la soulager en expressions mélancoliques; pourquoi vous répandre en raisonnemens qui vous donnent une si fâcheuse apparence d'ingratitude, d'injustice et d'humeur?

Par exemple, tandis que le crédit public, aujourd'hui si prononcé, nous rassure, nous satisfait, nous invite à nous confier aux soins et aux intentions du Gouvernement, vous nous dites: « Il n'est question, dans la hausse actuelle des fonds, ni de génie, ni d'habileté; la force des choses a tout fait. »

Sans doute; mais qui a favorisé, régularisé, organisé la force des choses?

« La rente monte, ajoutez-vous, et, c'est ici la grande raison, parce que nous avons la Charte; le crédit suit le gouvernement représentatif, comme l'ombre accompagne le corps. Partout où la loi de finances est discutée publiquement par les députés d'une nation, la confiance s'établit; et, avec cette confiance, la dette publique, au lieu d'être un inconvénient, devient un avantage pour le gouvernement. Voici une *preuve sans réplique* de la vérité que j'avance; » (vous vouliez dire, *une assertion à laquelle on pourrait répliquer.* Dans toute discussion, il n'est qu'un *fait* qui puisse servir de *preuve*, et une supposition n'est pas essentiellement un *fait.*) « Qu'on mette à la tête des affaires les ministres les plus habiles, dans les temps les plus calmes, et qu'on supprime la Charte, le lendemain, on peut s'attendre à la banqueroute, ou à une effroyable chute de fonds. Placez au timon de l'État les hommes les plus incapables, dans les circonstances les plus orageuses, et maintenez la Charte; vous n'aurez ni banqueroute, ni même une baisse sensible des effets publics; bien plus, il pourrait se faire que les fonds montassent au milieu de l'ineptie et du bruit; il y a des temps où la plus petite faute renverse un ministère; il y en a d'autres où les plus grosses sottises se font impunément. »

Ces temps, Monsieur, ne peuvent être que ceux où l'État, par d'heureuses et longues habitudes d'une bonne administration, est devenu d'une tranquillité, d'une stabilité inébranlables. Si ce temps est le nôtre, pourquoi annoncez-vous que la France penche vers sa ruine, que c'est un volcan prêt à s'ouvrir? pourquoi critiquez-vous son administration avec tant d'amertume?

Monsieur, vos hommages à la Charte sont d'un excellent exemple; mais il faut les concilier avec vos jugemens. Or moi, qui fais attention à tout ce que vous dites, je trouve, au début de vos *Remarques* :

« J'avais renoncé à la politique; des travaux historiques, depuis long-temps entrepris, sollicitaient mon retour à l'étude; tout n'avait pas été perdu, pour ces travaux, dans mon rapide passage à travers les affaires humaines; les hommes apprennent à connaître les hommes; et je portais, dans l'examen des principes qui servirent à l'établissement de notre monarchie, les lumières que j'avais pu acquérir, en voyant de plus près les causes de sa destruction. »

Ainsi, à vos yeux, la monarchie est détruite; et cette Charte, *qui fonde le crédit, qui rend le Gouvernement inébranlable, qui ôte tout danger au bruit et à l'ineptie*, cette Charte constitutionnelle n'est autre chose que le tombeau de la monarchie ! Tant de publicistes pensent au contraire qu'elle en est la régénération !

Monsieur, je pense comme ces publicistes; et voici ma raison principale. Dans une monarchie représentative, le souverain n'est pas exposé, comme dans une monarchie absolue, à prendre les vœux personnels des hommes qui l'entourent pour l'expression de l'opinion publique; cette expression, que la discussion, la lutte, l'agitation même, rendent franche, manifeste, quelquefois même précipitée et indiscrète, établit, malgré la prudente inaccessibilité du trône, une communication immédiate entre le Roi et toutes les classes de ses sujets. Dans les monarchies absolues, il est difficile que le roi sache la vérité; dans les monarchies représentatives, il est impossible qu'il l'ignore.

Tel est, dans ma conviction, le premier motif des ministres, en France, pour tenir fortement à la conservation et à l'affermissement du gouvernement représentatif; l'intérêt de leur position le réclame, et les succès de leurs intentions y sont attachés. En effet, ce n est pas seulement pour que les finances de l'État soient alimentées avec facilité et abondance, que l'intervention des deux Chambres est avantageuse. Cette intervention, réellement indispensable, il y a deux ans, a maintenant produit son effet; les impôts sont fixés; le mode des divers recouvremens est également déterminé; l'impulsion est donnée; il ne s'agit plus que de la soutenir; et, pour la soutenir, ce n'est pas un corps représentatif qui est essentiellement nécessaire; c'est une bonne administration publique. L'administration, en France, a la confiance générale; le crédit extraordinaire qu'elle a obtenu en est le témoignage; il faut, Monsieur, se défendre de la poésie en politique; elle y porte l'illusion; tout crédit est un sentiment populaire; il repose directement sur des personnes, beaucoup plus que sur des institutions et des choses; tout en reconnaissant hautement que la Charte donnée par le Roi est une amélioration très-heureuse du régime monarchique, je crois pouvoir penser que, si dans le gouvernement français, les formes représentatives étaient, en ce moment, suspendues, le crédit public n'en serait presque point affecté, pourvu toutes fois que l'organisation financière fut conservée, et que l'administration de la fortune publique demeurât confiée aux mêmes hommes. Voici un *fait*, parconséquent une *preuve*: avant l'établissement du gouvernement représentatif en France, le nom, les talens, la probité de M. Necker avaient suffi pour fonder un crédit immense, et attirer tous les capitaux.

Quelle est donc en ce moment l'utilité majeure des formes représentatives dans la constitution française; et pourquoi les ministres en sont-ils les appuis sincères? Le voici, ce me semble : Les deux Chambres sont, depuis le 5 septembre, un organe national très-énergique, très-imposant; les discussions qui s'élèvent dans leur sein, et celles qu'elles provoquent hors de leur enceinte, jettent, dans le peuple, des flots de lumière et des masses de puissance. Depuis deux ans, les révélations faites pendant les deux sessions, et les mouvemens politiques occasionnés par ces révélations, ont amené, dans l'esprit public, un progrès très-supérieur à celui que la puissance isolée du monarque le plus ferme, le plus actif, le plus habile, aurait pu produire. Tout ce qui, étant revêtu d'un caractère de nouveauté et de hardiesse, émane d'un seul pouvoir, est toujours accueilli avec défiance par un certain nombre d'hommes; ceux surtout qui, par leurs intérêts, leurs habitudes, ou leurs opinions, sont exposés à souffrir de cette marche du pouvoir, la traitent d'injuste, d'insensée, de tyrannique; ils murmurent, s'irritent, et, s'ils le peuvent, ils se révoltent. Mais lorsqu'à la faveur d'une discussion publique, solennelle, vive, soutenue, contradictoire, l'homme impartial a pu apprendre de quel côté est le vœu national, alors le mouvement est prononcé, sa force est invincible; et le gouvernement qui, pour s'affermir, ne veut agir que conformément à ce vœu, se trouve à la fois guidé et appuyé; sa marche est sûre et facile.

Ainsi, Monsieur, en nous bornant même à ne tenir compte au Gouvernement que de ses intérêts actuels, qui sont de consommer, d'épuiser les résistances que le vœu national éprouve encore, nous ne pouvons douter que l'intervention des deux Chambres ne soit, pour les ministres, un auxiliaire d'importance majeure, que, par prudence, ils doivent appeler et ménager.

J'ose penser, Monsieur, que mes raisons pour honorer la marche et les intentions du ministère vous paraîtront dignes d'attention, et même d'estime; cependant vous les poursuivrez peut-être de l'accusation bannale; vous appliquerez à la lettre que j'ai l'honneur de vous écrire, ce que vous avez dit en indiquant le Spectateur et le Publiciste : « Les hommes courent à la liberté; ils se défient de la meilleure opinion s'ils la supposent commandée. »

Monsieur, les hommes irréfléchis sont

susceptibles de toutes les préventions; et ils sont faibles de caractère; ils aiment, pour leur propre satisfaction, et pour répandre autour d'eux quelque prestige, à se donner un vernis d'indépendance; ils s'évertuent à dénoncer comme commandée toute opinion concordante avec celle des hommes en pouvoir.

Mais les hommes d'un caractère fort, les hommes dont les idées sont profondes et soutenues, les hommes en état de penser et d'écrire, sont de vrais connaisseurs en composition et en style; ils savent juger la touche franche, les formes pleines et abondantes d'un écrivain réellement indépendant: ils savent que l'autorité peut commander des louanges, mais elle ne commande pas des raisons. D'ailleurs, monsieur, à moins que l'on ne suppose que les hommes en pouvoir n'ont jamais et ne peuvent jamais avoir que des pensées fausses, il faut bien qu'ils se trouvent, quelquefois du moins, en concordance avec des hommes sensés et éclairés. Faut-il, lorsque cela arrive, que ceux-ci, pour n'être pas soupçonnés d'être commandés, se taisent et se déguisent? Indépendamment de la satisfaction si naturelle de marcher en compagnie puissante dans une voie que l'on juge salutaire, n'est-ce pas un devoir pour tout bon citoyen d'appeler, autant qu'il est en lui, l'estime populaire sur les hommes en pouvoir, lorsqu'il est bien convaincu que de tels hommes n'ont que des intentions patriotiques et des pensées judicieuses? Il serait bien étrange qu'il y eût de la honte à être reconnaissant, et que, pour être juste envers les premiers bienfaiteurs d'un peuple, il fallût du courage!

Monsieur, avant le 5 septembre, que faisaient les écrivains qui aujourd'hui défendent le Gouvernement avec le plus de zèle? Ils gardaient le silence.

Et depuis le 5 septembre, ils ont vu, dans l'ensemble de sa marche, tant de sagesse et de prudence, que ce qu'ils n'ont pu rapporter directement à des principes constitutionnels, ils l'ont expliqué par des circonstances critiques et des difficultés de position; et qui n'a pas senti le poids de ces difficultés et de ces circonstances! Vous même, monsieur, vous n'avez pu vous empêcher d'en faire ressortir la gravité; il est vrai que, selon votre habitude, c'est en mêlant à vos aveux des raisonnemens sans liaison et des mouvemens d'injustice.

« Rien de plus misérable, avez-vous dit, que l'état dans lequel on nous tient sous le rapport de la politique extérieure. »

Voilà un blâme bien conditionné; et cependant lorsque vous vous promettez ensuite « d'entretenir les lecteurs de votre journal de nos relations étrangères, de leur dire la situation des peuples, de leur montrer quel esprit domine dans les cabinets, quels hommes influent sur le sort de l'Europe, quels sont les desseins secrets, les alliances projetées, l'avenir probable, de leur découvrir si ce que nous avons vu jusqu'ici est la fin ou le commencement d'une révolution européenne, » vous ajoutez aussitôt : « De pareils sujets demandent néanmoins dans ce moment beaucoup de réserve. Nous ne pourrons jouir de toutes nos franchises qu'après la retraite des troupes alliées. »

Pourquoi donc vous plaindre de ce que le Gouvernement n'a pas laissé, aux écrivains d'un parti quelconque, toute latitude et toute franchise ? Devait-il, par exception pour les écrivains que vous nommez exclusivement *royalistes*, s'en rapporter imprudemment à ce que vous appelez *leurs sentimens français !*

Passons, Monsieur, à quelques objets moins graves.

Vous recommandez, et avec raison, à notre estime « un bon frère ignorantin, chargé d'ans, d'expérience et de vertus, qui a voué sa vie à l'enseignement des pauvres, qui meurt lui-même pauvre et oublié, après avoir appris aux enfans des misérables à lire dans ce livre où Jésus-Christ bénit ceux qui pleurent » (mais où il ne maudit pas ceux qui tarissent nos larmes); vous nous apprenez que ce vénérable frère « vaut un million de fois mieux, est un million de fois plus habile que le grimaud le plus barbouillé d'encre et de latin. »

L'antithèse est ingénieuse peut-être; mais que prouve-t-elle? Quelle que soit la profession d'un homme chargé d'ans, d'expérience et de vertus, qu'il appartienne à l'institution des frères ignorantins, ou à celle des écoles lancastriennes, n'a-t-il pas droit à notre vénération? Et parmi les élèves des anciens colléges qui ont usé beaucoup d'encre à apprendre le latin, et parmi les professeurs qui ont mis beaucoup de zèle à le montrer, n'y a-t-il aucun homme respectable? N'y a-t-il non plus aucun grimaud parmi les disciples des frères ignorantins?

Défiez-vous, Monsieur, de cette imagination qui vous entraîne à donner de la saillie à votre style; une telle disposition affaiblit vos anathêmes les plus éloquens, en y mêlant des traits, que l'équité réprouve, et que le goût condamne. En voici un autre exemple :

« Que l'on s'élève avec force, avez-vous dit, contre cet usage insultant, cette manière sauvage de destituer un homme, sans daigner l'en avertir autrement que par le *Moniteur*, sans daigner s'expliquer sur les causes de sa destitution. Si les ministres méprisent leurs agens, ils apprendront au peuple à les mépriser. La couronne a le droit incontestable de retirer et d'accorder les emplois, quand, comment, et à qui elle veut; mais personne n'a celui d'exercer ses ordres d'une manière cruelle. Je n'ai point vu chez les Iroquois renvoyer comme des malfaiteurs les *sachems* qui servaient avec zèle leurs tribus. Le pacha de Damas fit donner devant moi cent coups de bâton à un aga de Jérusalem qui lui présentait d'humbles remontrances ; mais c'était en Turquie où la Charte est peu connue. En France, personne n'est disposé à recevoir un outrage. »

Et personne, Monsieur, n'est disposé à

entendre parler sur ce ton, et d'un tel outrage, et de la Charte constitutionnelle. Quel effet d'ailleurs produisez-vous sur la raison de vos lecteurs? Vous les portez à croire que vos accusations contre les ministres sont dictées par la haine, par conséquent très-exagérées, qu'ils ne destituent personne d'une manière ironique et cruelle; que peut-être, lorsqu'ils privent un homme de son emploi, ils ne peuvent dire tous leurs motifs. Enfin, si quelquefois les ministres, en qualité d'hommes susceptibles, comme nous tous, d'erreurs et de passions, tombent dans la dureté et l'injustice, on peut du moins affirmer qu'ils sont bien loin d'imiter les orateurs et les hommes d'état de 1815, qui destituaient par masses, en ajoutant trop souvent l'insulte et la menace à cette violente opération. Voilà ce que nous avons vu, sans être allés, comme vous, en Turquie, ni chez les Iroquois.

Maintenant, Monsieur, occupons-nous de votre réclamation la plus importante.

« Nous devons déplorer, dites-vous, tout ce qui met obstacle au rétablissement des autels. »

Déplorez donc le principal obstacle : c'est l'évidence des signes qui démontrent que les hommes qui parlent le plus haut, le plus fastueusement, de la religion, sont incrédules. Toute la religion est dans la foi; car la foi entraîne nécessairement toutes les œuvres : réciproquement, l'absence de toutes les œuvres atteste l'absence de la foi; et alors quels effets peut-on attendre? Tout homme qui prêche le christianisme, et ne montre que des mœurs païennes, porte au christianisme des atteintes bien plus profondes que l'homme qui en combat les dogmes, et met de l'accord entre sa conduite et ses opinions. Le premier entraîne le peuple à ne plus voir dans la religion qu'un instrument d'ambition, une arme perfide, au service de l'intérêt personnel, des ressentimens, de la cupidité, des passions les plus odieuses. Aux yeux du peuple, tout se personnifie : la justice, c'est l'homme qui l'exerce; la religion, c'est l'homme qui en parle; la royauté, c'est le roi. L'esprit sincèrement constitutionnel du roi de France est aujourd'hui ce qui fortifie le plus directement parmi nous la monarchie constitutionnelle. Si les magistrats chargés par ce prince de rendre, en son nom, la justice, au lieu d'être, comme on le remarque, graves et équitables dans toutes leurs relations personnelles, étaient légers, inconséquens, sans probité, sans délicatesse, la justice serait flétrie, souillée, détruite, dans l'esprit du peuple; la force publique ne pourrait faire respecter ses arrêts.

Quiconque prêche la religion au peuple est, par cela seul, magistrat de la religion; il doit la pratiquer avec exactitude, se soumettre rigoureusement à toutes ses défenses, s'imposer le recueillement qu'elle prescrit, les austérités qu'elle conseille, les privations qu'elle ordonne; il doit, en un mot, en pratiquer publiquement et scrupuleusement tous les devoirs : s'il en est autrement, c'est lui surtout qui la renverse.

Pour rétablir les autels, il ne suffit donc pas de fronder avec humeur les progrès de la philosophie, en profitant d'ailleurs de toute la liberté, de tous les avantages que la philosophie amène; il faut parler et agir comme Bossuet, surtout lorsque l'on pourrait, ainsi que vous, Monsieur, en avoir quelquefois l'éloquence. Payez d'exemple : entraînez tous vos amis, tous vos admirateurs, à observer le culte catholique dans toutes ses obligations, dans toute son étendue; et alors ne vous alarmez plus; les effets suivront les causes : la foi dotera de nouveau le clergé, sans qu'il faille demander à l'État d'impossibles sacrifices; la foi ranimée rétablira les autels.

Monsieur, permettez-moi de vous le dire: pour réussir dans une entreprise d'un genre quelconque, la première condition est d'être conséquent. Ceci me ramène à l'objet principal de ma lettre.

Au sein d'une monarchie, vous voulez élever et soutenir une *opposition royaliste* : cela est impossible; ces deux mots rapprochés forment un *non sens*, comme les deux mots *gouvernement révolutionnaire;* et c'est ce que vous avez senti. « Les royalistes, dites-vous, gémissent d'être dans une opposition contre nature. » Certainement une opposition de royalistes contre le Roi est contre nature; et se trouvant de plus contre le vœu de la nation, quel est son caractère? qu'espère-t-elle? deux minorités! deux oppositions! hors d'état de se confondre, car elles sont diamétralement contraires l'une à l'autre, il est nécessaire que l'une s'évanouisse : en attendant, leur existence divisée ne peut plus que servir et éclairer la marche du Gouvernement.

Et puisque l'une des deux doit nécessairement s'éteindre, pensez-vous de bonne foi, Monsieur, que c'est la vôtre qui aura les honneurs et les profits de la survivance? L'opposition, dans un État libre, ne peut être formée que par les hommes qui veulent aller plus vite que le mouvement général, mais dans le sens de ce mouvement même ; et vous, Monsieur, votre grand principe est que ce mouvement général est insensé, funeste, qu'il faut l'arrêter, le refouler....... Que ne songez-vous à reporter en arrière le mouvement du globe ! L'entreprise serait plus belle, plus brillante ; et elle n'aurait pas plus de difficultés.

Soumettez-vous de bonne grâce, Monsieur. Puisque le Gouvernement n'a point votre approbation, soyez satisfait de ce qu'une opposition existe, de ce qu'elle est ardente, *conséquente*, de ce que son but est d'accord avec ses moyens, de ce qu'elle a même pour organe des hommes pleins d'esprit et d'adresse, de ce qu'ils lancent périodiquement une feuille qui est lue avec avidité. Puisque la *Minerve* est si répandue, le *Conservateur* est au moins inutile. Tout ce qu'elle dira de fort, de judicieux, de fondé, contre les ministres, vous ne feriez que l'affaiblir; et si vous le répétez avec encore plus de véhémence ; si même vous dévoilez des fautes ministérielles qui auront échappé à la sagacité assez peu indulgente de MM. Étienne et Benjamin Constant, ce sera, pour vous, peine et éloquence perdues ; le peuple français ne vous en tiendra aucun compte ; il vous croit trop personnel dans votre politique ; vous lui avez donné trop de préventions.

Quant au Gouvernement : placé entre les hommes qui veulent enrayer son char, et ceux qui veulent en précipiter la vitesse, il continuera à modérer les efforts de ceux-ci, et à rendre inutiles les efforts des autres. Cette différence de procédé vous expliquera une chose bien simple, qui cependant vous étonne.

« Malgré la dissidence qui existe entre la feuille indépendante et le ministère, celui-ci, dites-vous, finit presque toujours par faire ce que celle-là a conseillé. Est-ce l'autorité de la raison et du talent qui l'emporte? Existerait-il un point de contact entre le journal irrégulier et le ministère?

S'accordent-ils sur de certaines bases? »

Oui, Monsieur, ils s'accordent sur tous les points fondamentaux, puisque la différence réelle qui, dans ma conviction du moins, existe entre les principaux auteurs de la *Minerve* et les approbateurs du ministère, est que ceux-ci veulent de la prudence, des ménagemens, de la lenteur même, dans l'organisation des lois constitutionnelles, tandis que les premiers voudraient de la rapidité, et peut-être de la brusquerie dans cette organisation.

Il est possible encore que le ministère, chargé par le Roi, par la raison, par la sagesse, par l'intérêt national, de consommer la révolution francaise, en établissant, sous formes d'institutions, tous les vrais principes, et en épuisant toutes les résistances que ces principes éprouvent, soit satisfait, jusques à un certain dégré, d'avoir pour auxiliaires des hommes d'un grand talent, d'une ardeur plus que moyenne, qui, ne le flattant pas, ne pouvant pas être soupçonnés de connivence, le combattant même quelquefois avec aigreur, secondent, d'un autre côté, son œuvre principale, en combattant bien plus fortement encore les hommes et les choses qui résistent le plus à l'objet définitif de la révolution. Le ministère recueille ainsi les fruits de la victoire, sans avoir même pris la peine de se rendre sur les lieux du combat.

D'après cette pensée, que d'ailleurs, Monsieur, je ne vous donne que comme une conjecture, on voit aisément pourquoi le ministère finit par faire, non *presque toujours*, mais quelquefois, ce que la *Minerve* a conseillé ; c'est que la *Minerve*, en le conseillant d'un ton pressant, ne l'a pas seulement indiqué, elle a encore mis en action, en faveur des choses qu'elle a réclamées, la puissance de l'opinion publique ; elle a ainsi rendu l'exécution de ces choses plus faciles ; elle a même contribué à en amener l'opportunité.

D'ailleurs, Monsieur, cette observation en appelle une autre : que l'homme soit ministre, qu'il soit écrivain, ou qu'il soit commerçant, artiste, propriétaire, il a de l'amour-propre; il ne fait pas, sans quelque répugnance, ce qui, même pour son avantage, lui a été montré et conseillé; lorsqu'il domine cette faiblesse, lorsqu'il prend le bon et l'utile partout où il le trouve, même dans les représentations de ses inférieurs, même dans les remontrances de ses ennemis; il montre du calme, de la force d'esprit, de la noblesse de caractère : de telles qualités sont heureuses dans les premiers administrateurs d'un État.

« Que le *Conservateur*, dites-vous, ne s'attende pas à être traité avec cette indulgence,... Ce que le ministère hait avant tout, ce sont les royalistes. »

Monsieur, je n'ai point l'honneur d'être directement associé aux sentimens des ministres; je n'ai jamais l'avantage de les voir; mais j'ai l'heureux droit de penser que mes écrits expriment quelques-unes de leurs intentions, car ils s'en montrent satisfaits.

Il m'est donc permis de croire que, dans ma retraite, mon âme est disposée, par ses vœux et ses affections, comme celle des hommes qui dirigent la marche du Gouvernement. Or, mes vœux et mes affections, je puis l'affirmer, n'ont rien que de bien contraire à des sentimens de haine; j'aime, non-seulement les royalistes ministériels, que je crois être, en ce moment, les royalistes selon la pensée du Roi, les royalistes selon l'esprit de la constitution, les vrais royalistes; j'aime encore les royalistes exagérés, les royalistes poursuivis par des regrets superflus. A l'exemple du ministère, qui, loin de leur vouloir du mal, cherche à les ramener de leurs vœux téméraires, à les sauver de leurs propres imprudences, à les garantir des ressentimens terribles, des ressentimens nationaux, que ces imprudences exciteraient, je me suis porté, autant qu'il m'a été possible, conciliateur entre ces hommes qui rappellent trop vivement ce qui ne peut plus exister, et ceux qui réclament trop vivement l'établissement définitif de ce qui s'approche, de ce qui doit être. Cette fonction d'écrivain conciliateur, fonction si douce, si honorable, je crois avoir acquis le droit de la remplir. Voici mes titres : j'ose vous prier, Monsieur, de leur donner quelque attention.

En 1796, où étiez-vous, Monsieur? que faisiez-vous? Tranquille et honoré sur une terre hospitalière, vous prépariez, au sein de tous les secours, les ouvrages qui devaient vous conduire rapidement à une haute renommée.

Et moi, Monsieur, j'écrivais comme vous, mais sous le poignard de vos ennemis; je défendais votre cause : je me faisais proscrire.

Vous n'auriez pu encore rentrer en France; une loi atroce, une loi renouvelée, une loi exécutée, condamnait à mort tous les émigrés.

J'eus horreur d'une si affreuse tyrannie; et, pour exprimer au gré de mon âme l'indignation qui la remplissait, je me trouvais dans une position très-avantageuse; je ne connaissais pas un seul émigré; je n'appartenais point aux classes élevées; ma vie avait toujours été aussi obscure que ma naissance. Je n'avais point d'ailleurs partagé les opinions que l'on attribuait aux émigrés; je les avais toujours trouvées impolitiques et exagérées. Mais ils étaient abandonnés, trahis, malheureux; ils passaient pour vaincus; je mis mon orgueil à les défendre.

Dans un écrit que je publiai sous le titre du *Législateur de l'an cinquième*, et que j'adressai aux Électeurs, je plaçai le plaidoyer suivant; je m'honore aujourd'hui de le reproduire, parce que toutes les pensées en sont encore dans mon cœur, parce que d'ailleurs la cause des émigrés n'a encore, parmi nous, que trop d'adversaires, et qu'il faut hâter le moment où le peuple français sera entièrement juste; car alors, seulement, il sera entièrement digne de la liberté.

DE L'ÉMIGRATION.

« Le premier caractère d'un délit est certainement l'intention de le commettre; une action, pour mériter ce titre, a encore besoin que celui qui la médite ne soit point incertain sur la moralité de son entreprise. Appliquons ces deux principes aux émigrés.

» Les uns, et c'est le plus grand nombre, ont quitté une terre où leurs propriétés étaient ravagées, où leur vie était menacée, et leur imagination effrayée d'un malheur à peu près certain.

» Jusque-là, je ne vois point de coupables. Notre première patrie est notre personne; celle-là, nous l'habitons sans cesse, et la nature nous a ordonné de veiller à sa conservation.

» D'autres étaient attachés à des corps militaires. Avant de juger leur conduite, transportons-nous à l'époque où, pour être plus certains de bouleverser l'État, les factieux commençaient par bouleverser l'armée; que l'on se rappelle l'incorporation du soldat dans les sociétés populaires; là, tous les principes d'égalité, d'indiscipline, de rébellion, étaient donnés à des hommes armés; qui avaient eu des droits à l'honneur, mais jamais aux délibérations publiques; personne n'ignore que, par des calomnies, de l'argent, et des moyens de corruption plus honteux encore, on les excitait à insulter les officiers dont on leur promettait les places; l'intention de produire l'anarchie militaire, était suivie de la manière la plus active, la plus effrayante; et des *couronnes civiques*, des *mentions honorables* étaient décernées, dans les clubs, aux soldats qui, pénétrés du *sens révolutionnaire*, *destituaient* et *remplaçaient* leurs officiers.

» Que commandait l'honneur en pareille circonstance? Que vouliez-vous que fît un homme fier de sentiment et noble de caractère?..... *Qu'il mourût*, ou qu'il s'enfuît, non de crainte, mais d'indignation. La patrie aurait-elle pu compter sur son courage, s'il s'était soumis à une telle infamie? D'autres ont resté, dira-t-on; mais d'autres ont eu moins à souffrir; tous les corps n'étaient pas également agités; et, enfin, la fierté tient à l'âme; si c'est un malheur, ce n'est ni un tort ni un défaut.

» Lorsqu'ensuite un serment démocratique est demandé, au nom d'un Roi évidemment esclave, à des hommes qui, mille fois, avaient renouvelé un serment monarchique à un Roi libre, qu'est-ce autre chose qu'une signification à l'homme d'honneur, à l'homme religieux, de quitter son poste et de partir?

» Puisque les factieux n'ont imposé de sermens aux officiers que pour s'en défaire, ils ne doivent point les punir pour avoir obéi.

» Une autre classe d'émigrés est composée de ceux que rien d'actuel et de pressant ne contraignait à sortir, et dont la rébellion a semblé volontaire.

» Je trouverai la justification de cette

classe dans les réclusions subséquentes, et dans les supplices qui nous ont fait frémir. Peut-on les blâmer aujourd'hui d'avoir évité les persécutions et la mort? Qui de nous, pendant dix-huit mois, n'a envié leur sort, et applaudi à la résolution qu'ils avaient prise! Que l'on écoute la voix des victimes descendues par milliers au tombeau!..... Nous avons témérairement attendu, disent-elles; nous avons faussement espéré; le fer a puni notre attente, et tranché nos espérances.

» Mais ici, je m'entends accuser de sophisme. Les émigrés ne peuvent être justifiés par des événemens postérieurs, qu'il ne leur était point donné de prévoir!

» Qu'est-ce donc qu'un État où de pareils événemens vont se passer, si ce n'est un État déjà bouleversé et inhabitable? Eh quoi! la vue du désordre, de l'atrocité, du brigandage, la désolation de nos amis, la ruine de la patrie, des spectacles hideux, la tristesse, l'indignation, circonvenant de partout notre âme, ne peuvent-elles pas équivaloir à une force de répulsion matérielle? Le lendemain du jour où j'aurai lu le décret qui assure l'impunité aux assassins de la Glacière, celui qui sauve de l'échafaud les directeurs du 5 octobre, celui qui jette un voile horriblement officieux sur les massacres du 2 septembre, serai-je coupable de mettre la plus grande distance possible entre mon cœur et une terre où se commettent, où s'organisent, où se justifient de pareils forfaits?

» Mais je veux croire que tous les émigrés n'ont pas cédé à des impulsions de ce genre. Il en est, dit-on, qui ne sont sortis de France que par orgueil. L'orgueil n'est pas un délit : chacun a le droit d'être orgueilleux autant qu'il veut et où bon lui semble. »

« Me voici donc parvenu au seul reproche fondé et digne de discussion : ils ont porté les armes contre leur patrie.

» Mais d'abord il en est beaucoup qui ne se sont point armés.

» Et quant à ceux dont la contenance a été réellement hostile, je dirai que, pour pouvoir tourner les armes contre sa patrie, il faut avoir une patrie, c'est-à-dire, un pays gouverné par la justice, où les gens tranquilles soient protégés, et les turbulens comprimés ou punis. Je dirai de plus, que, tant que l'autorité est en litige, celui qui soutient l'ancienne est plus patriote et plus honnête homme que le défenseur de celle qui s'introduit. Coriolan fut coupable: sa patrie avait des lois; elle ne changeait pas son gouvernement; il ne la quitta que par humeur; il ne s'arma contre elle que pour se venger d'une intrigue qui l'avait éloigné des honneurs : cependant le sénat fit à son égard des avances que l'on pourrait appeler humiliantes, si l'on osait médire du peuple romain.

» Mais les émigrés, quel est leur crime? Ils se sont armés contre leur patrie!... dites donc contre les fléaux, contre les assassins de leur patrie; et quand il serait vrai qu'ils avaient des projets d'ambition et de vengeance, quand il serait vrai que leur exaspération se serait étendue au-delà de la victoire, leurs chefs sont nobles et humains : il est impossible que le sang qu'ils eussent versé eût égalé en abondance celui des milliers de victimes dont ils eussent prévenu l'effusion.

» Pour moi, je le déclare hautement, quoique j'aime la liberté autant qu'un autre, quoiqu'une constitution libre me paraisse le plus grand bienfait qu'un peuple puisse recevoir, je déclare que tout projet qui tendait à conserver la vie de Louis XVI, celle de l'ange de bonté, qui a donné au monde un exemple sublime de vertu et d'amitié fraternelle, celle de Malesherbes, de Lavoisier, celle de tant d'hommes excellens et justement illustres; tout projet qui tendait à prévenir les horreurs de Lyon, les massacres de Paris, les noyades de Nantes, et toutes les atrocités exécrables dont l'imagination repousse la peinture, tout projet qui tendait à la conservation de nos temples, de nos monumens, de nos propriétés, de toutes les affections de nos cœurs, de tous les appuis de nos faiblesses; ce projet, que j'attribuerai aux émigrés, jusqu'à ce que l'on m'ait démontré qu'ils en avaient un autre, m'inspire de l'admiration, du regret, et nul sentiment de haine. J'avoue que si, en ce moment, où tant de convulsions et de malheurs nous menacent encore, je pouvais faire remonter la France, même jusques à la monarchie absolue, malgré ses défauts et ses dangers, si, au risque d'encourir une nouvelle révolution, dont une pareille constitution est toujours voisine, je pouvais rendre la vie à tant d'innocens qui l'ont perdue, la propriété et le bien-être à tant d'hommes qui n'avaient point mérité leur misère, à l'État, sa tranquillité et sa splendeur, je me croirais digne d'une bénédiction universelle.

» J'interpelle le plus ardent révolutionnaire; osera-t-il hautement me dire que Charrette était l'ennemi de la France, et que ce héros, plus grand encore que sa cause, n'aimait pas à lui seul infiniment plus son pays que la plupart de ceux qui se disent républicains?

» Ce n'est donc point, en soi-même, un crime que d'avoir pris les armes; lors même que, dans l'ombre d'une nuit obscure et orageuse, un homme se tromperait en croyant qu'on l'assassine, il ne serait point coupable de s'armer, et d'appeler du secours, contre ceux qu'il prendrait pour des assassins. Le moment précis où, dans les grandes crises politiques, la résistance prend le caractère de révolte est très-difficile à déterminer. C'est le temps, c'est le consentement de l'impuissance, c'est le triomphe évident de l'usurpation, c'est la prescription, qui légalise le nouveau pouvoir, qui l'autorise, qui le justifie. Jusques-là, les droits antérieurs des vaincus existent encore; et, en les soutenant, ils obéissent à l'honneur.

» N'est-il pas bien étrange que tandis que l'on a accordé une amnistie à tous les agens de Robérspierre, à tous ces monstres dégoûtans de sang et de crimes, que l'on a appelés ennemis de la révolution, moins justement sans doute que l'on n'eût pu les appeler ennemis de toutes les vertus humaines, tandis qu'il a fallu tous les efforts du courage, et toute l'adresse de l'esprit, pour leur enlever le principal droit du citoyen, on éloigne à jamais, par un article constitutionnel, des hommes dont les intentions éventuelles sont au moins inconnues, qui, la plupart, ont souffert des persécutions cruelles, et ne sont peut-être sortis de France que par excès d'indignation?

» On dit que la restitution du bien des émigrés entraînerait un nouveau bouleversement révolutionnaire. A ce mot effrayant, je me tais. Mais que du moins cette contumace absurde contre leurs personnes soit levée par la législation, comme elle l'est déjà par les vœux de tous les hommes justes: que leurs femmes éplorées, que leurs enfans orphelins, ne soient point irrévocablement condamnés à la plus affreuse séparation. Ils ont des torts sans doute, et ici mon impartialité les accuse d'imprévoyance; ils se sont laissés égarer par les déclamations imprudentes d'écrivains exaspérés, nés d'hier pour la politique, et qui, dès le commencement de la révolution, ont erré doublement, en lui supposant chez les autres peuples de bien fervens adversaires, et en n'apercevant ni sa marche, ni ses causes, ni son universalité. Ils se sont ralliés, avec une opiniâtreté bien fatale, à un système d'exagération qui a détruit toutes leurs espérances, en affaiblissant tous leurs soutiens; ils ont repoussé les moyens termes avec une fierté qui les a isolés, car ils ont ainsi aliéné l'esprit d'un grand nombre de Français qui ont gémi de ne pouvoir leur rester fidèles; ils ont beaucoup trop compté, malgré les conseils d'hommes sages, sur les appuis de Gouvernemens qui se sont joués de leur confiance et de leur loyauté; entraînés par les sentimens de générosité dont ils trouvaient le penchant dans leur âme, ils ont eu l'estimable tort de croire que la puissance était toujours amie de l'infortune et de l'honneur. Dans leur irréflexion bouillante, ils ont négligé une maxime bien importante, bien salutaire, c'est qu'il faut fuir ce que notre ennemi désire, et qu'il faut faire ce que notre ennemi craint. Lorsque Mirabeau, qui connaissait les cabinets étrangers, invoquait, en faveur des mécontens, la liberté de s'en aller, ils auraient dû entrer en défiance, et croire qu'il les aurait retenus s'il eût jugé utile de les conserver. De grands ennemis de moins, de grands biens de plus: tels étaient les calculs de ce factieux du premier genre, de cet homme dont la voix était une puissance, et dont il fallait découvrir les secrets.

» Mais enfin, tous les torts de l'exaspération, de l'indignation, de l'imprévoyance, de la confiance généreuse, de l'exagération, de l'irritation même, ne sont point des crimes; ce sont les impulsions aveugles d'un principe élevé, de l'honneur, ce brillant sophiste; que toujours le sentiment accompagne, que trop souvent la raison délaisse, qui préfère les applaudissemens de l'estime, aux succès de la prudence; qui aime mieux la mort, ou l'infortune glorieuse, que le repos, l'obscurité et le bonheur. »

Telles sont, Monsieur, les réclamations que j'osai faire entendre; j'en recueillis deux effets : l'animosité des factieux, et l'estime des gens de bien. Le 18 fructidor donna aux premiers une puissance violente; je fus déféré aux tribunaux, condamné avant d'être jugé; je n'eus que le temps de me réfugier dans un ténébreux asile.

Là, je goûtai, pendant près de trois ans,

toutes les douceurs de la retraite, tous les biens du silence; là, je me livrai, sans distractions, aux charmes de la réflexion et de l'étude; là, j'appris à me défier de l'ardeur que de nobles sentimens inspirent; de tels sentimens embellissent le monde; mais ils ne le conduisent pas.

Je vis que la révolution, n'étant pas encore décidément victorieuse, ne pouvait cependant plus être arrêtée. encore moins punie; et qu'au point où en étaient les choses, toutes les passions étant déchaînées, aucune force n'étant encore en évidence, le seul retour des émigrés ne pourrait être que le signal de calamités horribles; trop forts pour se soumettre, trop irrités pour être justes, trop faibles pour être vainqueurs, ils n'eussent fait que porter sur tous les points les torches de la guerre civile; le sol entier de la France serait devenu un champ de carnage et de désolation.

Reconnaissons-le, Monsieur: la fureur

française avait besoin à la fois de s'exhaler et d'être maîtrisée. Chose frappante, mais vraie : il est des temps où la justice et la modération ne peuvent reparaître que sous l'égide d'un despotisme armé et menaçant.

Il s'établit; les émigrés se rassurèrent ; ils rentrèrent en grand nombre. Vous, Monsieur, personnellement, vous prîtes confiance dans la situation de votre patrie; vous vîntes lui faire hommage de vos travaux et de vos talens.

L'audace et l'énergie qui avaient fermé l'abîme, suivirent leur pente et leur nature; elles se prolongèrent, s'exaltèrent; la mesure du grand, du salutaire, fut dépassée; tout, de nouveau, s'écroula.

Mais ici, ne craignons pas de faire des observations frappantes. Je puis tout dire ; l'impartialité me donne les droits de la sincérité.

Lorsque Napoléon se fut décidément emparé de la force publique, les émigrés se partagèrent en deux classes. Les uns s'attachèrent au vainqueur, acceptèrent, de sa main, des emplois, de la fortune, ou, comme vous, Monsieur, concoururent par leurs suffrages, par leurs éloges, à affermir son pouvoir.

Il est indubitable que ceux-là ne le considéraient point alors comme un usurpateur, et se promettaient de lui être fidèles. Rentrer en France sous sa protection, s'attacher à sa personne, recevoir ses faveurs, s'introduire dans ses administrations ou ses armées, et cependant avoir l'intention secrète de le renverser, de le trahir !........ C'est du fonds de mon âme que je repousse une telle supposition. Des Français distingués par leur éducation, par leur naissance, ne sont point capables d'infamie.

Mais beaucoup de Français sont mobiles. Les émigrés qui avaient suivi la fortune de Napoléon, changèrent, lorsque sa fortune changea.

D'autres émigrés avaient refusé de le servir, de rentrer même en France, de renoncer à leurs espérances, à leurs projets; ils avaient resté fidèles à l'ancienne dynastie; ceux-là, Monsieur, que vous honorez avec chaleur, quoique vous ayez de bonne heure quitté leurs rangs, quoique vous en ayez été séparé pendant de longues années, quoique vous ayez jeté de brillantes fleurs sur le berceau de l'enfant né en 1811, ceux-là ont tenu avec force, avec courage, à de nobles affections, à des affections qui étaient nées avec eux, qu'ils avaient reçues de leurs ancêtres. Ils méritaient bien de l'estime; la persévérance d'affection est la plus belle qualité de l'âme.

Cependant, que de Français les accusent encore! Ceux-là, disent-ils, ont continué de porter les armes contre la France; ils ont servi dans les armées étrangères; ils n'ont pas eu horreur de déchirer le sein de leur patrie!..... Ceux-là, répondrai-je, aimaient leur patrie, pleuraient sur leur patrie, continuaient, avec une conviction profonde, de placer, dans le rétablissement des anciennes formes, des anciennes mœurs, des anciennes lois, de l'ancienne religion, le salut et le repos de leur patrie ! Qui pourrait s'irriter contre de tels sentimens ?

Je le répète, Monsieur : j'ai le droit de dire tout ce qui est vrai, parce que je ne suis ni à vous, ni à vos adversaires, parce que ma raison est à la bonne foi, et mon âme à la justice. Dans la fonction de conciliateur, qu'il m'est si glorieux d'ambitionner, qu'il me serait si doux de remplir, je ne négligerai point mes avantages. Je rappellerai à ces Français de la France nouvelle, qui éprouvent un frémissement sincère et patriotique à la seule idée de l'alliance que les émigrés contractèrent avec l'étranger, je leur rappellerai ce qui n'est plus un secret pour personne. En 1815, et pendant une grande partie de 1816, en un mot, avant le 5 septembre, lorsque l'imprévoyance ou les passions de bien des hommes attachés aux anciennes institutions, provoquaient, sur toute la surface de la France, une irritation affreuse, et remettaient, pour ainsi dire, la révolution en colère, si l'Autriche avait fait un appel aux mécontens, on aurait vu une émigration nouvelle, suivie d'une alliance nouvelle avec l'étranger.

Français de tous les partis, ne soyez donc plus si sévères. Tenez compte de toutes les intentions nobles, et pardonnez les erreurs; la rapidité et la violence des événemens ont si souvent imprimé à la générosité même leur impétueux caractère! Il est des situations agitées, des situations inattendues, où il est si difficile de s'arrêter !

Lorsque Napoléon s'éleva, la balance de la justice ne pouvait être tenue que par la force; à sa chute, il semblait qu'elle pouvait, désormais, être tenue par la sagesse. Tant de malheurs éprouvés! tant d'expérience acquise!

La sagesse se présenta; et, cependant, elle ne put suffire; l'ordre ancien prit le ton de la menace; la révolution recommença.

Oublions cette faute malheureuse. Ceux qui la blâment avec le plus de rigueur, n'ont-ils jamais abusé de leurs avantages? L'homme qui a souffert long-temps, et avec excès, peut-il toujours ne saisir qu'avec modération les faveurs de la fortune?

D'ailleurs, nous ne serons plus agités par l'imprévoyance. Le Roi, en reprenant une seconde fois possession de son trône, s'y est assis entre la sagesse et la fermeté.

Et nous, reposons-nous entre la fidélité et l'indulgence : la fidélité pour le Prince, qui veut notre réconciliation, notre bonheur et notre liberté; l'indulgence pour nous tous : car, dans ces temps d'orages, de trouble, d'incertitude, nous avons erré à l'aventure, nous avons tous commis plus ou moins de fautes, nous avons tous plus ou moins contribué à nos souffrances et à nos malheurs. Si des Français, excusables par leurs intentions, par leur position, par leur éducation, leurs relations, leurs habitudes, ont ranimé les passions révolutionnaires, d'autres Français, non moins dignes d'estime par leurs qualités personnelles, ont agi dans le sens de ces passions. J'ai vu, en 1815, plusieurs provinces enflammées de l'ardeur la plus véhémente; elles connaissaient, plus que toutes les autres, les maux accablans de l'invasion étrangère; elles en étaient encore froissées, ensanglantées. Une seconde se prépare; et tout annonce qu'elle sera encore plus dévorante, plus cruelle : l'extermination et le partage de la France, tel est son but vraisemblable; tel est même, de la part du soldat ennemi, son but avoué; il ne s'agit plus de savoir à qui appartient la couronne de France; il s'agit de sauver la France du pillage et de la mort.

Cette exaspération était une erreur sans doute; les vainqueurs l'ont démontré; mais ils l'ont eux-mêmes jugée naturelle. Plus d'un général étranger, en entrant en Lorraine, a rendu hommage aux Français qui lui avaient résisté.

Je m'empresse de le répéter : honneur aux souverains qui ont trompé nos alarmes! Ce grand acte de modération est leur plus belle victoire; et il indique le caractère de la période politique dans laquelle nous venons d'entrer. Dans le cours de l'existence d'un peuple, chaque période politique contraste avec celle qui l'a précédée; c'est un des effets généraux de la loi de balancement et d'équilibre, de la loi universelle. Pendant un quart de siècle, les peuples et les rois viennent, en Europe, de se livrer aux impulsions ardentes; ils y ont mis leur gloire; et comme ils se sont trouvés ainsi en lutte mutuelle et acharnée, ils n'ont pu toujours agir avec noblesse, avec magnanimité; tous ont des reproches à faire; tous ont des actes cruels, des actes odieux, à dissimuler et à pardonner.

Mais la tourmente s'apaise; le calme s'apprête à succéder, et, pour les nations, le calme, c'est le temps de la générosité et de la justice; de même que, pour tous les êtres sensibles les beaux jours sont les temps de bien-être, de plaisir, de bonté, d'amabilité.

La modération politique est aujourd'hui, en Europe, l'inclination générale, et toutes les vertus calmes se lient naturellement à une telle inclination. Tous les rois songent à élever les sentimens, l'instruction et la dignité de leurs sujets, afin d'ennoblir leur propre autorité, et même d'affermir leur couronne. Le temps est passé où l'ignorance et l'humiliation des peuples semblaient être les seules bases solides de leur tranquillité. Cette grande idée que l'amour est le premier lien social, et que, sans liberté, sans confiance, il n'y a point d'amour; cette idée, si simple, si douce, si vraie, est devenue pour les rois, comme pour les peuples, comme pour les familles, un sentiment auquel chacun s'abandonne, et que l'on ne songe plus même à discuter. Et l'esprit général de l'Europe prend ce caractère touchant d'un esprit de famille :

chaque souverain veut être honoré, même par les peuples qui ne sont point sous sa dépendance. Le souverain du Nord, chef de ce beau mouvement, se plaît dans notre affection et nos hommages ; il veut une place dans notre histoire, et une place fixée par notre estime, par notre reconnaissance : il l'obtiendra.

Tel est cependant, Monsieur, le noble spectacle amené par la philosophie. Celui que Rome donna à nos ancêtres fut bien moins imposant : de grands peuples, unis par une communauté de civilisation et d'indépendance, valent mieux qu'un peuple triomphateur, entouré de peuples asservis.

Que chacun de nous concoure à l'affermissement de dispositions si généreuses ; que la France règne encore sur l'Europe, non comme centre de puissance, mais comme foyer de lumières et d'industrie, surtout comme modèle d'urbanité, d'union et de tolérance. Déposons tous, aux pieds d'un Roi paternel, ce qui pourrait nous rester de souvenirs pénibles, de ressentimens hostiles, d'exigeance et de regrets. Hélàs! la vie de chacun de nous ne doit pas être si longue! la souffrance et la haine ont flétri nos plus belles années : n'en donnerons-nous aucune au repos et à l'amour!

(La seconde Lettre à M. le vicomte de Châteaubriand paraîtra le jeudi 19 *novembre)*

7 novembre.

P. S. A l'instant où l'impression de cette lettre est achevée, je lis, dans le Journal des Débats, un article de M. de Feletz, qui m'insulte en termes trop choquans pour que je me borne à les mépriser. J'ai l'honneur de prévenir M. de Feletz, que, dans ma seconde lettre à M. le vicomte de Châteaubriand, il trouvera une note assez étendue dont il sera l'objet. Il s'y attendra sans doute, car je vais lui adresser un exemplaire de ma lettre actuelle, en le priant de lire avec quelque attention ce que je dis des *Charlatans* religieux, et de vouloir bien se rappeler que sans prononcer ce mot, qui répugne à un homme de goût, et à un honnête homme, je l'avais défini avec précision l'année dernière, dans une brochure que je publiai sous le titre de : *La Raison vengée de l'Inconséquence*, ou *Lettre de M. Azaïs à M. de Feletz.*

En adressant à M. de Feletz ma lettre actuelle, je vais le prier d'en rendre compte dans le Journal des Débats ; j'espère que, malgré la difficulté du sujet, il aura égard à ma demande.

Note des ouvrages de M. Azaïs.

	fr.	c.
Des Compensations dans les destinées humaines, 5e édit., 3 vol. in-8°, avec une belle gravure servant de frontispice. Prix,	15	»
Système universel, 8 vol. in-8°.	30	»
Traité de Physiologie et d'Idéologie, d'après le système universel.	20	»
Manuel du Philosophe, ou Principes éternels, 1 vol. in-12.	1	50
Le nouvel ami des Enfans, par M. et Mme Azaïs, 24 vol. in-18.	24	»
Un mois de séjour dans les Pyrénées, 1 vol. in-8°.	3	»
Explication et emploi du Magnétisme, par MM. Bapst et Azaïs, 1 vol. in-8°.	1	»
De la Sagesse en politique sociale, ou de la Mesure de liberté qui doit être accordée en ce moment aux principales nations de l'Europe, 1 vol. in-8°.	1	50
Jugement philosophique sur J. J. Rousseau et sur Voltaire, 1 vol. in-8°.	1	50
La Raison vengée de l'inconséquence, ou Lettre de M. Azaïs à M. de Feletz, 1 vol. in-8°.	1	50
Du Système politique suivi par le ministère, ou Réponse à l'ouvrage de M. de Châteaubriand sur le même sujet, 1 vol. in-8°.	1	»
De l'Amérique, ou Considérations générales sur le sort actuel et le sort futur de ce grand continent.	1	50
Réflexions sur la Note secrète, 1 vol. in-8°.	1	»
Lettre à M. le vicomte de Châteaubriand, 1 vol. in-8.	1	»

Tous ces ouvrages se trouvent

Chez Béchet, Libraire, quai des Augustins, n° 57;

Et chez Ledoux et Tenré, Libraires, rue Pierre-Sarrasin, n° 8.